Les de Biscotte Mulotte

Texte de Anne-Marie Chapouton
Illustrations de Martine Bourre

À Denise

Albums du Père Castor FLAMMARION

© Flammarion 1985 pour le texte et l'illustration
© Flammarion 2011 pour la présente édition
Imprimé en France - ISBN : 978-2-0816-2499-3

Un matin, la maîtresse a trouvé
une lettre sur son bureau.

Chers enfants,

Je m'appelle Biscotte.
Je suis une mulotte et j'habite dans le mur
de votre classe. L'entrée de mon trou est juste
sous l'armoire.
Souvent, je vous regarde et je vous écoute
pendant la classe.
Et la nuit, quand tout le monde est parti,
je sors et je me promène sur les bureaux.
Mais je ne fais pas de crottes, c'est promis :
ça donnerait trop de travail après pour
la dame qui nettoie.
Ecrivez-moi, et mettez l'enveloppe près
de l'armoire.
     Bisous moustachus,

     Biscotte Mulotte.

Les enfants crient de joie
quand la maîtresse leur lit la lettre.
Ils se précipitent à quatre pattes
près de l'armoire. Ils voient le trou.
Ils crient très fort tous ensemble :
– Biscotte Mulotte ! Hou hou !
Réponds-nous !

Mais il n'y a pas de réponse.

Alors, les enfants disent :
– Il faut écrire à Mulotte ! Il faut écrire à Biscotte !
Maîtresse, Maîtresse, écris ce qu'on te dit.
– Dis-lui que je l'aime cette Biscotte !
– Maîtresse, dis-lui que mon pépé
m'a donné un petit chien !
– Dis-lui que je sais faire du vélo
sans les petites roues !
– Demande-lui si elle écrit avec ses griffes !

Et la maîtresse prend
un crayon et un papier,
en disant :
– Pas tous à la fois !

Et elle se met à écrire
ce que disent les enfants.
Et puis après, on pose
la lettre devant le trou.

Le lendemain, Mulotte a répondu :
il y a une autre lettre sur le bureau.

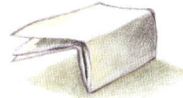

On s'assied par terre sur le tapis,
et la maîtresse lit la lettre.

Mulotte raconte qu'elle habite
dans le grand tuyau à côté de la cheminée.
Qu'elle a un papa, une maman,
et aussi un oncle Molette qui vit avec eux,
et qui est très grognon.

Et puis elle leur dit
qu'elle n'écrit pas avec ses griffes,
parce que ça ne serait pas pratique.
Elle a trouvé un stylo à bille
par terre dans la cour,
et elle le serre très fort
entre ses pattes.
Elle écrit très lentement,
mais ça marche !

Les enfants lui répondent
en lui envoyant dans une enveloppe
un gros paquet de dessins.

Le lendemain, il n'y a pas de réponse.
La lettre a bien disparu,
mais Biscotte n'a pas répondu.

Le jour suivant non plus.
Les enfants sont bien déçus.
Alors, en attendant, ils fabriquent
une boîte aux lettres pour la Mulotte :
c'est une pochette en papier
punaisée au mur, à côté de l'armoire.
Pas trop haut, bien sûr, pour que
Biscotte n'ait pas à se fatiguer à grimper.

Sur la pochette,
les enfants font plein de décorations
avec des papiers de couleur qui collent.
Dessus, la maîtresse a écrit :

biscotte mulotte.

Les jours passent.
Et un matin de décembre,
les enfants rentrent dans la classe
en soufflant sur leurs doigts rouges.
Là, dans la boîte aux lettres, il y a une lettre.

Biscotte a répondu.
– Vite, vite, Maîtresse, lis, lis !

Mes chers petits amis,

J'ai été malade avec une angine. Maman m'a soignée. Maintenant, ça va mieux. Vous voulez savoir comment je fais pour vous écrire ? Eh bien, souvent, quand la maîtresse écrit au tableau, moi, je regarde par mon petit trou. Et comme ça, j'ai appris à écrire et à lire. Mais n'essayez pas de m'apercevoir par mon trou. Je suis très très timide.

Le premier jour, vous m'avez fait peur en criant si fort. J'ai eu des battements de cœur.

Merci pour la boîte aux lettres, elle est très belle. Et aussi pour les dessins. Mais faites-moi des lettres et des dessins petits : sinon je dois tout plier pour les rentrer dans mon trou.

Bisous moustachus,

Biscotte Mulotte.

– Pauvre Biscotte ! disent les enfants.
Elle a pris froid.

Alors ils s'amusent à lui faire
des tas de petits habits en papier de couleur.
Des manteaux, des chapeaux, et même des petites bottes.
Ça la fera rire, la Mulotte !

Et puis ils mettent les habits dans une enveloppe,
et ils font écrire à la maîtresse :
« C'est pour toi, Biscotte,
pour bien t'habiller et pour te faire rigoler. »

Le lendemain matin, l'enveloppe n'est plus là.
Biscotte l'a prise.

À l'heure du goûter, les enfants
déposent de petites miettes de leurs biscuits,
et ils disent doucement devant le trou :
– C'est pour toi, Biscotte.

Le lundi matin,
les enfants sont bien étonnés :
Biscotte n'a pas encore répondu.
Ils lui avaient fait des cadeaux.
Et c'est malpoli de ne pas répondre
pour leur dire merci.

Un enfant s'aplatit
pour regarder sous l'armoire
et il appelle, pas trop fort :
– Biscotte, pourquoi tu ne réponds pas ?
On t'a fait des cadeaux d'habits,
et tout ça et...

Mais il s'arrête et se met à crier :
– Maîtresse, Maîtresse, le trou de Mulotte !
Le trou de Biscotte ! On l'a bouché.
– Pas possible, dit la maîtresse.

Et elle s'aplatit par terre, elle aussi,
pour regarder.

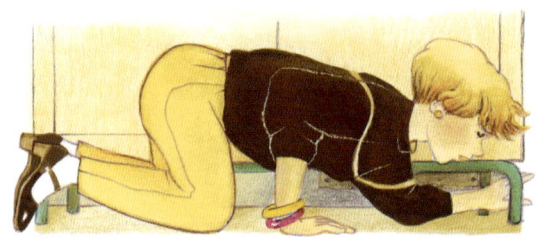

– Ah ! Malheur ! dit-elle. C'est l'électricien.
Il a arrangé les fils, et il les a recouverts
avec une grosse planche le long du mur.
Juste là où il ne fallait pas.
Les enfants crient :
– Biscotte ! T'en fais pas !
On va te sauver la vie !
N'aie pas peur !

Les enfants veulent aller chercher
l'électricien, le maire, les pompiers.
Mais la maîtresse leur dit :
– Attendez ! Laissez-moi faire.

Elle tire un peu sur la planche.
Et petit à petit, elle arrive à l'écarter du mur.
– Voilà. Ne disons rien à personne.
Il ne faudrait pas fâcher l'électricien.
Nous verrons bien si Biscotte
arrive à se glisser.
Attendons jusqu'à demain.

Le lendemain, merveille :
il y a une lettre de Biscotte :

Mes chers petits amis,

Comme j'ai eu peur de ne plus pouvoir aller dans votre classe ! Je vous ai entendu me crier : « On va te sauver la vie, Biscotte. » Vous avez très bien écarté la planche et maintenant, je peux passer. Vous savez, une mulotte, ça s'aplatit presque comme une galette et ça se faufile un peu partout.

Je ne vous ai pas encore raconté que souvent, avec mes parents (et l'oncle Molette grognon), nous sortons par le toit en haut, et nous allons nous promener dans le village.

J'ai une cousine, qui s'appelle Tartine, et qui habite dans le clocher. Pas celui de l'église, mais celui de la vieille pendule, qu'on appelle la boîte à sel. J'aime bien aller voir Tartine.

Mais ces jours-ci, je ne sors pas : j'ai encore attrapé un rhume, je me mouche et j'éternue toute la journée.

Bisous moustachus,

Biscotte Mulotte.

Quand les enfants répondent à Biscotte,
ils décident avec la maîtresse de lui faire une surprise :
des petits mouchoirs en papier découpés bien carrés,
avec des dessins dessus, ou des lignes de toutes les couleurs,
ou des petits carreaux.

Chaque enfant fait un mouchoir.
Certains en font même deux.

Et puis, comme il fait très beau,
les enfants vont se promener, comme les mulots,
dans le village, avec la maîtresse.
De loin, ils aperçoivent la boîte à sel.
Ils s'approchent, le plus près possible.
Ils essaient de voir Tartine et appellent :
– Tartine ! Tartine !

Mais Tartine ne répond pas.
Peut-être qu'elle est enrhumée elle aussi.
Deux enfants crient :
– Je l'ai vue.
– Je crois que je l'ai vue !
Les autres se dévissent le cou
mais ne voient rien.

Quelques jours plus tard,
Biscotte leur écrit pour les remercier des mouchoirs.

Mes chers petits amis chéris,

*Les mouchoirs m'ont fait très plaisir,
et m'ont beaucoup servi.
Surtout parce que j'ai fait une grosse bêtise
et que l'oncle Molette m'a filé une grosse
fessée et que j'ai pleuré pendant quatre
heures.
Est-ce que vous faites des bêtises vous aussi ?
   Bisous moustachus,*

Biscotte Mulotte.

Oh là, là ! Oui !
Eux aussi, ils en font des bêtises !
Ils répondent tous ensemble
et la maîtresse a tout juste
le temps d'écrire :
– Moi, je veux jamais aller au lit.
– Moi, j'ai cassé une assiette.
– Moi, j'ai cassé mon vélo.
– Moi, je sors tous mes jouets
et je joue pas.
– Moi, je mets tout par terre.
– Moi, la nuit, je fais pas de bêtises...

Et puis aussi, ils disent à Biscotte
de faire attention à Angélo,
le chat de l'école,
des fois qu'il se promènerait
la nuit dans la classe.

Après les vacances de Noël,
Biscotte met de nouveau
longtemps à leur écrire.

Enfin, elle dépose une lettre
où elle raconte qu'elle a eu
encore un gros malheur :
elle s'est foulé la patte
en glissant avec Tartine
dans la boîte à sel.
Maintenant, elle va mieux.

Alors, ils lui racontent
leurs malheurs à eux.
– Moi, je suis tombé du vélo,
je me suis fait mal au genou.
– Moi, mon pépé est mort.
Je suis triste. Je l'aimais bien.
Et puis, ils lui posent des questions :
– Biscotte, est-ce que tu nous écriras
jusqu'à ce qu'on soit morts ?

– Pourquoi tu ne nous apportes pas
encore plus de lettres ?
Et ils lui mettent dans l'enveloppe
plein de beaux dessins au feutre.

Pendant le mois de janvier, les enfants
font beaucoup de cadeaux à Biscotte :
- de la ficelle dorée
- des petits morceaux de beaux papiers
de Noël
- des bouts de fruits confits
- des miettes de galettes des rois
- et surtout de belles couronnes
de rois toutes petites,
juste à la taille d'une tête de mulotte.

Ils lui écrivent :
« Mulotte, il faudra bien les plier un peu
pour les rentrer dans ton trou,
mais après, les plis s'en iront
et tu seras très belle avec. »

Mulotte leur répond que c'est vrai :
les couronnes lui vont drôlement bien.

Au mois de février, le temps se gâte.
La pluie se met à tomber.
Elle tombe pendant toute une semaine.
Et Biscotte écrit
ce que la pluie a fait dans son trou :

Mes petits amis chéris,

Nous avons été INONDÉS.
Toute notre réserve de graines a été
mouillée. Mes parents sont furieux,
et l'oncle Molette a juré avec
de vilains mots. Mais moi, au fond,
je trouve ça drôle : toutes les graines
mouillées ont germé, et ça nous fait
plein de plantes vertes dans notre
trou.

Bisous moustachus,

Biscotte Mulotte.

Les enfants répondent
à Biscotte en lui racontant
qu'il y avait plein d'eau
dans leurs maisons à eux aussi,
plein de flaques qui passaient
sous les portes et de gouttières
qui fuyaient.
Mais c'est dommage :
ils n'ont pas de réserves
de graines et c'est moins drôle.

Alors, avec la maîtresse,
ils ont une idée.

Jour après jour, les enfants surveillent les graines
qui germent, qui poussent, et qui font une petite
forêt verte, comme chez Biscotte.

Et le lendemain, ils apportent :
- des pois chiches
- du blé
- des haricots
- des lentilles…

Et la maîtresse met
du coton et de l'eau
dans des soucoupes.

Les amandiers sont en fleur maintenant.
Le soleil réchauffe la terre.
Il y a des tulipes dans la cour.
C'est le printemps.

Les enfants décident
d'écrire tout seuls, sans la maîtresse,
en utilisant l'imprimerie :

biscotte mulotte

Ils l'impriment en rouge,
tout au milieu d'une feuille.
C'est superbe.
Ils envoient la feuille à Biscotte.
C'est la première fois que
Biscotte va voir son nom imprimé,
elle sera sûrement très fière.

Mais la lettre que les enfants trouvent le lendemain n'est pas joyeuse comme le printemps.

Mes petits amis chéris,

Je vais partir. Je vais déménager avec mes parents. Et aussi, bien sûr, oncle Molette. Le docteur dit que j'attrape trop de rhumes, et que je dois aller habiter dans un pays chaud.
Nous allons partir pour la Tunisie. Mon papa a un cousin qui habite sur un bateau. Alors nous prendrons un camion de légumes et nous irons à Marseille et nous monterons sur le bateau.
Nous traverserons la Méditerranée.
Je serai bien triste de ne plus vous voir. Mais peut-être qu'un jour je reviendrai.

Bisous moustachus,

Biscotte Mulotte.

Alors les enfants crient :
– NON ! NON ! NON !
– Il ne faut pas que tu partes.
– Tu auras le mal de mer en bateau.
– Guéris-toi vite et reviens.

La maîtresse écrit ce que les enfants disent,
et puis ils signent leur nom tout seuls,
car tous savent bien l'écrire.

Maintenant, il n'y a plus de lettres
dans la boîte.
Biscotte Mulotte est partie.

Les enfants parlent de la Tunisie
et de l'Afrique avec la maîtresse.
Ils regardent la grande carte,
et la mer toute bleue
qui les sépare de Biscotte.
Ils imaginent Biscotte
sous les palmiers,
en train de manger des dattes.

Et puis ils font une grande grande peinture,
tous ensemble, sur un grand carton.
Une peinture avec plein de mulottes dessus.
Ils l'accrochent dans la classe, et ils se disent :
« Peut-être qu'un jour, Biscotte Mulotte reviendra. »